我喜欢你

一如这旷野般色彩明丽

郑书慧 著

中原出版传媒集团
中原传媒股份公司
大象出版社
·郑州·

图书在版编目(CIP)数据

我喜欢你一如这旷野般色彩明丽 / 郑书慧著.— 郑州 : 大象出版社, 2019. 6
ISBN 978-7-5711-0162-6

Ⅰ. ①我… Ⅱ. ①郑… Ⅲ. ①诗集—中国—当代 Ⅳ. ①I227

中国版本图书馆 CIP 数据核字(2019)第 052368 号

我喜欢你一如这旷野般色彩明丽

WO XIHUAN NI YIRU ZHE KUANGYE BAN SECAI MINGLI

郑书慧 著

出 版 人 王刘纯
责任编辑 张韶闻
责任校对 安德华
装帧设计 刘 民
美术编辑 杜晓燕

出版发行 大象出版社(郑州市郑东新区祥盛街 27 号 邮政编码 450016)
发行科 0371-63863551 总编室 0371-65597936
网 址 www.daxiang.cn
印 刷 新乡市豫北印务有限公司
经 销 各地新华书店经销
开 本 787mm×1092mm 1/16
印 张 9
字 数 76 千字
版 次 2019 年 6 月第 1 版 2019 年 6 月第 1 次印刷
定 价 32.00 元

印厂地址 新乡县翟坡镇兴宁村
邮政编码 453000 电话 0373-5635065

有什么明丽抵得上来自四季的爱（代序）

百定安

本诗集是郑书慧老师2016年以来写作的近百首诗的总汇。如今她诗情亢然，隔一日便有新作，是进入所谓创作之高峰期也。

作为平日抒怀遣情的写作，原本不为示人，可以看出这些诗无论使用怎样的题材，其共同点皆在一个“真”字。真，是繁复的，也是单纯的。好诗虽各有千秋，但我相信仅靠直觉就能感觉到。

郑书慧诗歌的题材一如诗人自己，是单纯明丽的。她最着力于感情，其次是自然，再次是表达人生。她的诗语言清丽、自然，时而近乎童话，时而又保存着一些可爱的任性。

在她大块地写着关于爱的题材时，诗中主语常以第一人称出现，也有时设置“你”作为言说的对象，其内容更接近某种独白（monologue）。

她写爱欲，写某种渴望：

而我蹲在他的袖笼里匿笑
他的通缉令被我盗走
那上面写着我可怕的罪名
——想你

——《通缉令》

她写想往。她把“一个人对另一个人的思念”喻作“冬天踩在雪窝里的咯吱咯吱”。

在这类诗中,“我”似乎一直在等待某种讯息,因此,无论风声鸟语、草木青黄都成为心跳的暗喻:“门环的声音比泉水清脆 / 空　空　空 / 我将心跳和月亮一起按住”(《都城南庄》)。这里的三个“空”字,既是门环拍打的声音,又是心跳的声音,抑或是某种可以预知的后果。这是一种真实,同时也意味着另一种虚诞。

读郑书慧的诗,总让我想到唯美,想到19世纪西方的某些浪漫主义诗篇,激情,幻梦,执着,幽怨,感伤,然后期许,然后反复辨认它的真实性,“曾经以为过了秋天 / 就不再想你”(《思念是一地金黄》)——然而,内心否定了这种意念。是,否,再是,再否……一直地,构成了交织着真实与虚幻、希冀与幻灭的爱的矛盾,形似一种戈多式的等待。

翻烂了好几本童话故事
就知道你不会来了
我还是坐在荒原上等

——《去看雪》

在《这个清明无雨》中,等待无望带来的是一种决然的行动:

“他不会来了 // 女人决定今夜行动 / 那划开的乳房 / 足够将他的名字再安葬一次”。

这就是反复无解的爱情矛盾。诗人就这么一遍遍地写着,一次次把心绪与意绪化为文字。但整体上,这些文字的温度是一致的。它们依然行走在爱与美的道路上，依然浸淫于与之俱来的欢悦幽怨，依然清纯如倚门而望的小女子——娇羞，张皇，敏感，依然“诗经”，依然“人间四月天”。

爱情这个古老的诗题，多少人做过，多少人正做着，亦将有多少人还会做。它常写常新，也极易常写常衰。郑书慧的这类诗因而显得参差不齐。然而，在众多情诗愈来愈情欲化的当下，她的写作一尘不染，清丽单纯，使我们每每读之，如沐清风。

而我更偏爱的，是她的自然诗。这些诗写出了诗的机巧，耐人寻味。如《大雪》的最后一段，写湖畔被涂了半截石灰的柳树：

> 总得有人出来应景吧
> 湖边的柳树被涂了半截的石灰
> 他们假装被埋在雪里

既拟人，也拟人生。不论道，而道出焉。

有意思的是，她的这些诗，最好的都在结尾。前面的铺叙，似乎都为了这最后的“豹尾”。意象不能平行平铺，亦不能止于意象，为意象而意象。这需要加强一首诗前后语言的融合力。我个人以为，她应该多写这一类诗，而且具有很大的潜质。这样的诗，目光向外，依赖发现又依赖诗觉，能走得更远。对于她，更需要开拓诗路，方不至囿于一格。此外，她的诗题应更新颖些，诗意应更现代些。诗是写不尽的，但要看怎么写。

而倘若再进一步写出如下的诗，那就更加值得期许了：

诗歌看了十首
酒喝了两个半杯
不用照镜子
就知道脸已成了红布
颈上的疤也成了娇艳的蝴蝶

这自酿的白兰地
可真是够劲

今夜不想李白
我只想和武松对饮
小二，来两斤牛肉

——《喝点酒便觉得自己是个侠客》

诗人称这种状态是“喝点酒便觉得自己是个侠客”。诗酒题材原本不新，但她偏又写出了新意。对比诗人性格中的温婉，她写出了侠气，对比她的情诗，她写出了“非我”，破茧而出，因而超越了诗与“我”的唯一。

百定安，河南洛阳人，现居广东东莞。中国作家协会会员，中国散文学会理事，中国诗歌学会会员，广东省书法家协会会员，东莞市作家协会副主席；出版诗集、散文随笔集和翻译批评集六部。

目　录

通缉令

夜神的脸黑得不能再黑
梦的白袍子一破再破
蛙兵击鼓
虫子呐喊
他布下天罗地网来抓捕我

他蹿上房顶又蹿上树梢
而我蹲在他的袖笼里匿笑
他的通缉令被我盗走
那上面写着我可怕的罪名
——想你

（2016 年 4 月 14 日）

都城南庄

山月　绿杨　门扉
口脂　额黄　黛眉
今夜你食指轻叩

一树桃红等着
和你的青衫再次交换颜色

门环的声音比泉水清脆
空　空　空

我将心跳和月亮一起按住
嘘——

飘来的种子
不能被唤醒

（2016 年 9 月 23 日）

思念是一地金黄

掰完山坡的玉米
收净园里的南瓜
摘空树上的柿子

曾经以为过了秋天
就不再想你

（2016 年 10 月 11 日）

去看雪

你出生在冬月
而我是腊月
我们是前后跟着来的
你比我更早看到了什么
——一片红叶吗
——没有，就等你来了我们去看雪

雪野中奔跑的红狐狸
雪树下透亮的红果子
雪地上大笑的一堆火
雪月里红红的脸颊燃烧成梅花

翻烂了好几本童话故事
就知道你不会来了
我还是坐在荒原上等

（2016 年 12 月 3 日）

大雪

今日“大雪”
在南方却是立春气象
鸡蛋花正忙着往脸上敷粉
紫荆花的红裙散落在地上
白鹡鸰黑鹡鸰拼比颤音
众生狂欢不分昼夜

总得有人出来应景吧
湖边的柳树被涂了半截的石灰
他们假装被埋在雪里

（2016 年 12 月 7 日）

说梦

坟头添了新土
再倒一杯酒
迎春花又替你醉了
来，媳妇儿
让我给你说说昨夜的梦

谁家的院墙开满蔷薇
粉白粉红
谁家的闺女掩嘴巧笑
踩翻一篮猪草
谁家的月亮舔开窗纸
点亮一对红烛

媳妇儿
咱能不能把你再娶一次

（2016 年 12 月 6 日）

木棉

三月的宫闱实在太过混乱
鸟雀们从一棵树飞到另一棵树
打探各种消息
喊喊喳喳 喊喊喳喳
流言的传播快于花粉
桃花脸一天天惨白

木棉悄悄走上枝头
撕裂红色的嫁衣
艳腾腾落下
在阴谋发生之前
她选择自我了断

（2017 年 3 月 26 日）

梦见秋天

今夜，我却梦见秋天
梦见你

你先是裂成一枚枚柿子
挂在越发消瘦的枝头
坚硬清冷

然后你开始坠落
扑向同样坚硬的霜地
犹如红玉落入银色的碗
和我下落的眼泪一样
来不及疼痛

只听见野鸭子的叫声
嘎嘎　嘎嘎嘎

（2017 年 3 月 28 日）

你可曾听到他的叫声

仿佛所有的鸟都受到邀约
盛大的晨宴总是如期举行
叽叽　咕咕　啾啾　嘎嘎
每个敲门声都是一种优雅

只有噪鹃被拒之门外
这总被错认为乌鸦的鸟
愤怒地张开长喙
发出女巫的咒怨
你可曾听到玻璃割破血管
荆棘钉上胸膛
梦楔入冰

噪鹃的叫声一刻不停
他只想寻找他丢失的爱人
这里一树繁花
欲望和绝望将一起破门

（2017 年 3 月 31 日）

喝点酒便觉得自己是个侠客

（一）

诗歌看了十首
酒喝了两个半杯
不用照镜子
就知道脸已成了红布
颈上的疤也成了娇艳的蝴蝶

这自酿的白兰地
可真是够劲

今夜不想李白
我只想和武松对饮
小二，来两斤牛肉

（二）

喝点酒便觉得自己是个侠客
可以仗剑长安
会一会那五陵少年

可以一刀毙命

可以一剑封喉
可以一枪破九州

困意袭来
我摸了半天
都摸不到卧房的开关

（2017 年 3 月 31 日）

这个清明无雨

她习惯了和他雨中相拥
飘飞的长发缠绵成柳丝
风雨妖娆
穿越前世今生

这个清明无雨
水眼波明丽
莺体态轻盈
她坐在一动不动的柳荫里
看着纸灰从红变黑，从黑变白
群山静谧

他不会来了

女人决定今夜行动
那划开的乳房
足够将他的名字再安葬一次

（2017 年 4 月 5 日）

痛经

原本只是一场如期来临的花事
也许太过繁密的枝压到了他的鼻子
盘古这个愣头青
把满脸的花苞当成一夜爆长的青春痘

哇哇哇
他要试一试他的斧头功
上边砍一下
下边削一下
啊——呀——
啊——呀——
斧子杀向混沌
花瓣疼出了血

这就是那个来自洪荒的故事

（2017 年 4 月 21 日）

四月

虫声清凉
蛀声明亮

荷塘在等着
一朵莲的盛开

（2017 年 4 月 24 日）

春天是个任性的少年

他把杏花李花桃花扎成捆
噼里啪啦一顿乱放

只剩下一枝忧伤的槐穗
这任性的少年着了慌
他揣在怀里一路跑向前

还没跑出四月
槐花就在绿布衫里炸响
这是他小子捂出来的第一串心事

（2017 年 4 月 29 日）

乘车去沙田监考途中

一只早起的老狗在撒尿
几株玉米耷拉着头
高价收废品　高价收车　专业搭棚
这些红底的金字招牌
如同奉旨的密令
从北方的郊外一路杀来
南方小镇工厂的灰色楼顶
扬起一骑骑红尘
将妃子的笑容湮没
六月的水田边
戴斗笠的农民撒出一把化肥

（2017 年 6 月 20 日）

所谓忧伤

（一）

怎样用力都推不开

这光

以及这光命名的黑暗

（二）

被兔子啃咬的红萝卜

在某个隐秘的角落

脆生生的，疼

（三）

沉入海底的船

青铜残碎，在月夕时

摇晃一个王朝的记忆

锈迹斑斑

（2017 年 6 月 20 日）

莲说

赋以爱之名，君子之名
我小心地屏住呼吸
九百年

用一个池塘分开距离
抚爱是我不需要的
不是仰视的眼神也是不能要的
把芯埋入泥，不蔓不枝
让眼泪凝结成露珠
滚动，一遍遍自洁
我按神圣的意愿把自己修炼
远处膜拜的手掌没有温度

今夜月光微凉
我一如既往静心打坐
一只蜻蜓在我头上立了很久

梦里，一个温柔的声音在耳边厮磨
——亲爱的，花的开放就是为了招蜂引蝶

（2017 年 7 月 11 日）

张良姜

月亮追着我从磙子营
再到老聂营和小聂营
我的外婆家是肖营
附近还有萧何村韩信村和张良镇

那一晚的月亮可真明啊
萧何“嘚儿驾”快马一鞭去追韩信
病床上的外公咳了下嗓子继续讲古
——后来呢？
——后来？这不都当了大官安了营

——来，喝了这碗姜汤发发汗
我看啊，打了那么多仗，封了那么多王
到头来还不就剩下这块张良姜
外婆瞪了眼外公
我看到她的碗里躺着个大大的月亮

（2017 年 8 月 5 日）

放下

就像立秋的早晨
蝉突然息了号声
凉风一夜搬移
烈日穿过的身体
子弹穿过的身体
那些个钝痛锐痛
不过是一场虚拟的战事

（2017 年 8 月 7 日）

独角戏

以为是个大舞台
却不知对手早已离开
唱念做打　离合悲欢
剧情难以反转

琴声幽咽　箫声凄凉
你慌乱的步伐踩痛了鼓点
别人的故事仍是一刻不缓
落入自己的命运
咔嚓咔嚓
滴血的脚下却生出莲花

（2017 年 9 月 11 日）

桃木梳

我拿一把桃木的梳子
梳我染成桃红色的头发
落发缤纷如雨
如桃花的三月
躺在溃烂的泥里

我拿一把桃木的梳子
梳我染成桃红色的头发
漫山遍野都是你灼灼的目光
开在芬芳翠绿的枝上
从此对你的思念缠绕成结
一梳就疼　一梳就疼

（2017 年 9 月 12 日）

你在

每一个被春鸟唤醒的早晨
每一个被秋虫抚慰的黄昏
你的指间缠绕最美的流水
煮我的酒
芬芳如春

你在
我看见小鹿掠过山岗
你在
我看见幽兰逸出空谷

你在
三千的烦恼被织成万丈的锦缎
裹住岁月深长
我又怎能和你江湖相忘

（2017 年 9 月 14 日）

莫奈的睡莲

我已经分不清
这柔软和明亮着的
是月光还是你的目光

穿梭流光和云霓
将暗夜织成五彩的锦被
你让我相信
每一个梦都可以伸成最美的姿态

世界安详而热情
就像一只船刚从春天弯进来

（2017 年 9 月 20 日）

梵高・向日葵

乌鸦在麦田里嘶哑
土豆在灶台上疲惫
星空下奔出一匹疯马
哒哒的蹄声四溅成血
它想在冻土中
刨出一个如花的太阳

（2017 年 9 月 22 日）

有雾的早晨

太阳如刚上轿的新娘
扭捏地扯紧她的红棉袄
一双眼却在帘缝里窥探

这嗓音跟湖水一样青翠的鸟儿
是否就是她的新郎

（2018 年 1 月 17 日）

沙漠吟

起伏的仿佛不是黄沙
而是钟声
从遥远的地平线外
从更远的荒古传来
升腾的也仿佛不是阳光
而是庙堂上一炷炷的香火

这里驰过神的战车
也埋过人的白骨
成败荣辱不过是一场际遇
沙粒不说话
它负责掩埋
一个个真实或虚假的故事

（2018 年 1 月 21 日）

咏梅

真的，我没有把你看作一株花
或者一个坚贞的象征

我只把你看作一个女人
在夜色中期待和畏惧
你绷紧了每一个手指和脚趾
等待一场雪

等待他温厚的唇
吻醒你裹紧的欲望
等待他的坚强与柔软
他的热情与凉薄

在一层层的覆盖中
你的娇蕊颤动如星星
一缕缕奇香析出
从幽秘的最深处

风摇动你快乐的吟唱
在冰冻的大地上

我听得见

春听得见

（2018 年 1 月 30 日）

立春

我想在身上文一只蝴蝶
她蓝色的翅膀直抵我的锁骨
那是从忧郁的夜色里提取的颜色
浓郁到足以掩盖丑陋
掩盖一切荒芜

我的每一次疼痛
都让她长出一条新的纹路
指向春天

红的是桃花
绿的是柳林

当一声鸟鸣将庄周唤醒
他看到
这个世界和他梦到的没有什么不同

（2018 年 2 月 4 日）

腊月二十三，祭灶日

寒冷已成合围之势
从北方到南方
太阳的小脸在厚重的包裹下
微微露出点苍白
在房顶、山坡、篱笆边
闪了闪身
就被多道目光追捕

今天是个告密的日子
诸神都已上天

众生围着灶台
争先恐后地称颂
这个临时供奉的牌位
噼里啪啦的鞭炮
掩盖他们犯下的过错
供品一样样摆开
他们并不慌乱

由丰厚烟火祭出的神
嘴巴早已被油腻堵住

（2018 年 2 月 8 日）

腊月二十三，你的生日

弟弟，我想你
连同那段一起攀爬的石墙
那条一起跳跃的深沟
那一同磕破的额头

我牵着你的手
在腊月的飞雪里奔跑
穿过正午和黄昏
穿过最后一只麻雀暗灰色的阴影

我想在节日降临的孩子都自带着福祉
他们算准了抵达快乐的时间和距离
通透的眼神在空中交会
万家灯火　鞭炮齐鸣
所以，弟弟，今夜我想你

（2018 年 2 月 8 日）

红杏出墙

通缉，逃逸，刀枪，箭戟
睁不开的眼，喊不出的声
梦里
我拼命地爬上一段古墙
将一冬天的兵荒马乱
搓捻成小小的花苞
藏在最高的枝上
等那秘密的情报员来取
在记忆迷失之前
我会牢牢记住他的代号
是春天

（2018 年 2 月 10 日）

宿命

当那把刀刻下宿命
树就和蛇一样忍着
撑开更稠密的纹理
和更稠密的疼痛

在粗粗细细的枝上
缠绕湿滑的寂寞
在俯仰之间
去抚摸光影

一寸一寸地长
一寸一寸地短

（2018 年 2 月 14 日）

致女友

昨晚梦见你
这次没有谈生病的婆婆和妈妈
没有谈远处上学的孩子
没有谈劳损的颈椎
和更年期已有未有的症状

你将我拉到衣柜边
开始一件件试穿新的旧的衣服
你说衣柜不够用了
再装修房子要打满墙的衣柜

我看见被闷得太久的阳光
从那一堆的花花绿绿中钻出来
一下子把你推回
那个素白的十九岁
我们手挽着手
细胳膊细腿

（2018 年 2 月 22 日）

三月——写给女人

不是唐诗中的三月
诗人的船还没有驶往扬州
所有的离愁别绪还没有产生

桃花和樱花手挽着手走过
像一对双生姐妹
羊蹄甲一脸盛妆
仿佛替表姐紫荆花出嫁
三月是羞涩而喜悦的粉红

女人们就跟那柳枝一样
在三月要新发一次芽
腰肢一点点伸长了
眼神也日渐柔软
即使没有男人
粉绿粉蓝粉黄的衣衫
也是她们轻盈的爱情

三月本是个微笑的表情
请对着镜子张开嘴

和我一起轻轻呼出“三月”

我看见清洁的阿姨对我微微一笑
我看见美丽的女医生对我微微一笑
我看见扎着小辫的女孩子对我微微一笑
那一刻，仿佛草木结成同盟
我们都是颤动的花心

（2018 年 3 月 17 日）

这日渐轻薄的光阴

四月已过了一半
宴饮的春服还没有缝好
蝴蝶和蜜蜂制造的甜蜜
一层层褪色
落雨的高坡上
谁在歌唱着黄昏

这暧昧不清的光阴
在柳絮的缠裹下日渐轻薄
泡不出一坛春酒
桃花早在梦里死去

也好
早日生成莲生出流水
将污浊的双脚洗净
在黑夜腐烂之前
跳入下一场梦境

（2018 年 4 月 11 日）

四月的蔷薇

一只鸟扑棱了下翅膀飞走了
一只蝉也趁夜里来过
还有一只粉蝶
在枝头踉跄了一下

四月的蔷薇
谁都想醉倒在你的香气里啊
可你隆起的刺似乎比花还要饱满

而我却想抱紧
你的花和刺一起
攀上城墙
把每一块古砖的缝隙填满

用旷世的奇香
蛊惑风
撩起她的裙摆

兜住月亮撒下的满地碎银
在墙头锵锵作响

召唤天下的猛士前来

将捆绑春天的绳子松开
将你流放到季节之外

（2018 年 6 月 3 日）

山崖上的少年

那年的风很轻很软
九月的雏菊一路跟着你
袖口沾了蝴蝶的粉蜜

山顶在一片金黄中展开
你枕着双臂
和头顶的白云对视
一只羊嚼着你嘴里的青草

乱石很静，对面的湖也很静
你的心里渐渐长出一截翅膀

你想扇出强劲的风
和湖底的波澜
你只想使劲地飞
那时，你不懂山鹰的悲伤

（2018 年 6 月 23 日）

我喜欢你一如这旷野般色彩明丽

当山后桦树林的影子
长了一些又短了一些
当酢浆草的叶子又变得深郁一些
白色的鸟偶然飞过
褐色的种子持续掉落

我和你挤在大地的深处
心脏和惊蛰的虫子一起蠕动
甜蜜又冰凉

我是多么贪恋
这泥土的腥燥与湿热
挟裹层层的芬芳
在欲望中挣扎
灵魂与肉身都愈加无力
我抱着你一路下沉

我已辨不出你的头发
和缠绕的藤蔓
你的眼睛

和夜色哪个更黑
你也辨不出我手的温度

亲爱的
只要你记得
你来过这里　我来过这里
我的手抚摸过风
抚摸过流云
抚摸过你的面庞
我喜欢你一如这旷野般色彩明丽

（2018 年 6 月 30 日）

失眠的夜

今夜万象庄严
大地沉入亘古
远处依稀的车轮碾过

我僵硬的脊背
如同被弃多年的石头
在荒野里匍匐

错乱的神经
在头部纠结成一个个圈套
千军万马厮杀
陷落到灵魂深处

身体里汩汩流出的血
依然和年轻时一样
鲜红而有热度
它在和衰老作战
一轮又一轮

今夜是否还有美梦降临

尽管步履匆匆
依然留下清晰的脚印
是否可以踩到它
重获一个新生

（2018 年 6 月 30 日）

我怎么舍得离开你呢

不管会不会疼
我都要紧紧抱着你
在风里翻滚
让身上沾满春天的草籽

新燕还没来得及试飞
打碗花还没有吹破她的梦
红的黄的蓝的风筝
还没在三月的天空一字排开

我怎么舍得离开你呢

小鹿在溪边饮水
一群孩子奔跑而过
如呼啸的山风
卷起大地的甘醇

如果迷路了
就让我哭泣一会儿吧
我的眼泪也像春天的草籽

从你的肩头撒下
不管它能开出什么
那都是我对你思念的形状

（2018年6月30日）

松湖广场的早晨

不见了去年养蜂人的箱子
一个牵狗的女人穿过小径
扫街人的扫把轻得像能在宣纸上作画

山河静默
一只鸟追着另一只鸟的翅膀
一片云叠着另一片云
前世的幻象交织
倒影如钓竿悬垂

就跟多年前的那个早晨一样
异木棉躲在枝头痴痴地笑
你伸手为我摘下一朵红花

（2018 年 7 月 3 日）

饮酒

红酒白酒黄酒
李白和陶渊明挽着
老吴老王和老姜
从陶瓷杯穿过玻璃杯
五花马的蹄子衔着一朵菊花
从南山而来
白云远去

躺在沙发上看天黑
丝瓜花攀出栏外
遥远的呼兰河在纸上呜咽
一个叫萧红的女孩子
举着草帽学蝴蝶飞

（2018 年 7 月 3 日）

杜鹃

我也曾爬上山崖
躲在云层后面张望

你在十里长亭
折下一枝细柳
蒙蒙的烟雨一路
从江南追到岭南
黏湿我远行的脚步

只为你如霞一般的目光
从我脸上拂过
啼血的心瞬间凝固成一朵红
从此
白天我是一只鸟在云影里嘶鸣
夜晚我是一株花在月影里抚弄

既然找不到最好的告别方式
就让每一种姿态都酣畅淋漓

（2018 年 7 月 5 日）

风湿

那一定是
比麻雀水灵得多的叫声
痒痒地啄破了你的膝盖
清凉洞开
茉莉花蔷薇花趁势作妖
给灵魂注入香气
给骨肉注入寒湿
从此你活在人间的样子
美好又疼痛

（2018 年 7 月 7 日）

云南行

（一）茶马古道

多少次在睡梦里被你的喊声唤醒
多少次在清醒中唤着你的名字入梦
古道是一条悬命的绳索
将悲欢系在石崖弯处
赶马的汉子没有歌声

我终将划一只小船寻你
在浮游着绿萍的水的深处
当紫色的鸢尾铺满草甸
当轻盈的云雀从谷底冲出

（二）普达措

乌云扯着白云的天幕
开合间就是万里千年
唯青山在一旁静看

木在水上死
木在水上生

（2018 年 7 月 10 日）

抵达

也曾是那个迷路的孩子
在沾满了泥巴的黄昏哭泣
断了襻的鞋子握在手中
心中的恐惧犹如一只巨大的蝙蝠

一声鸡啼将白昼唤醒
我赤着脚奔出山谷
五彩的经幡在风中指向神明

我看见微尘
在阳光里游荡
风信子的种子缓缓落地
那页打开的书角
在你的眸里沉睡

（2018 年 7 月 12 日）

致红

你适合雪夜带刀
和林冲一起走出沧州
将一路的风雪装入
十八个青釉的土瓷碗
饮下
所有的血泪
摔碎在窄巷
脆响铮铮
从此身后没有江湖

你又适合在月夜
骑乘轻捷的豹纹
穿过一地的郁金香
将魅惑在流水一样的长发里
飘散成蛊
从此英雄无归路

（2018 年 7 月 15 日）

晚安

一杯酒就把高贵和矜持放倒
我将腿搭向桌角
用平素最讨厌的姿态
向黑暗中的敌人和解
从此我不想爱憎分明
丑陋和美好本是世界的大同

我像松鼠一样快速地嗑着松子
吐出的仁比壳还多
咀嚼的快感有时大过一场盛宴
乱世的纷争退到六尺巷后
今夜，我只想枕着爱人的名字入眠

（2018 年 7 月 17 日）

让我为你点起一盏灯

今夜，让我为你点起一盏灯
孩子，归家的路
有蟋蟀和萤火虫
飞舞在你浓密的眼睫
拨开一片森林
有小兽在狂奔

待天亮，我是你的光
你的歌唱
是你的泉水
你的花香

（2018 年 7 月 17 日）

阳台上的牵牛花

从夜里就开始梳妆了
只为让你一睁眼就看到
踮起脚跟往高处攀爬
白云的幕布映衬翠绿的舞裙

五彩的喇叭缠绕
我细柔的颈项
偾张全部的血脉
喷涌成泉
驱走雾霾和雾霾下的噩梦
让你在清风抚慰的早晨醒来

然后我在阳光中
枯萎了
那颗颤动的心

（2018 年 7 月 19 日）

妈妈，明天我就要回家

妈妈，明天我就要回家
行囊中我只带干净的衣服和一本书
那些个我喜欢的花花草草
那些个我喜欢与不喜欢的男人和女人
纠缠不清的藤蔓丛生
就让它随风飘散吧
今夜，我没办法整理出恩怨分明

藏红花泡出了金色的水
黑枸杞在蓝紫中浮沉
三分真情四分虚假
调配着五分谎言的鸡尾酒一喝就醉
迷幻的色彩就让它再迷幻一下
妈妈，明天我就要清清爽爽地回家

（2018 年 7 月 19 日）

今晚，我想和你彻夜长谈

我会告诉你两朵牵牛花颜色的轻微差异
告诉你一枚饼干蘸着红酒的奇妙
告诉你如何点起一支香
让期待在缭绕中变得更加隐秘
告诉你我的眼纹和你的都是同一个走向
钩得住日月和春风
在十指交缠里穿行

我想告诉你我生命所在的狂喜
以及狂喜后的悲伤
以及悲伤后的虚空
都是那样的令人着迷

只是今晚和无数个昨夜一样
你的船始终未能靠岸

（2018 年 7 月 20 日）

相遇

是不是每一个在黑夜里飘游的灵魂
都在寻找一线微弱的光
那是和他相近的灵魂
在手提的灯笼中
发出的独特气味

交换呼吸就像共用一瓶氧气
心肺的快感在眼神的传递间复苏
你有你的来处，我有我的去处
而此刻，我们在同一片月光下
看一朵花开

（2018 年 7 月 20 日）

我是你的博物馆

我是你的博物馆
你陈列多年的宝贝
陶瓷的碎片、贝壳和甲骨
月光下你眼神澄澈
拂拭温柔

那些细碎的裂纹逸出
如丝的清风
将幽秘的隧道穿开
带你和万年前的先贤相会
我是你点开幸福的按钮

只是你多日不来
那把桐油灯被丢在采金的途中
尘网恢恢而丘山疏淡
一点萤火照不亮来时的路
我的门窗日渐锈蚀
屋顶长满蒿草

（2018 年 7 月 23 日）

黄昏

一对相拥的情侣身后
一个独眼的老人
等着他在树边撒尿的老狗

一个婴孩捧着他的奶瓶
在小推车里咯咯地笑
一只蝉落到地上

一只蝴蝶刚刚离开
我对着夕阳泪流满面
一朵花由粉变白

（2018 年 7 月 23 日）

爱

当我飞向天空
我是白云的一部分
当我落入海洋
我是浪花的一部分
当我在昼与夜之间
我是黄昏与黎明
挂在屋檐的雨和树梢的风

当你把火把点起
我会是光明的一部分
当你把镰刀挥起
我会是谷香的一部分
当你双手合十
我是智慧和勇气
让你雀跃地摘下玫瑰和刺

当鸟的翅膀剪断蓝色的风筝
当山脚久无牛羊的蹄印
我会成为你悲伤的一部分
和你喜悦的一部分

（2018 年 7 月 25 日）

采莲曲

我知道，这不过是你
从指缝里漏出的沙子
夕阳下搭建的城堡
在风浪到来之前就溃散了

就像天空撒下流星
梧桐偶尔裂开籽粒
落到心头的光和甜微弱却真切
为此就值得我每天都想你一次

而你久无消息
采莲的小船翻扣
淤泥和诺言一起晒干
我不知道你是否已到远方去捕风

当莲蓬高举　当莲花璀璨
当一根嫩藕悄然生成
当水面只剩一棵残茎
我将那采莲曲一遍遍高唱
一只只蓝色蜻蜓落满肩膀

（2018 年 7 月 26 日）

铁藜寨

褪去一层绿，一层刺
开白花，结枳实，性温味苦
疏肝理气，穿过篱墙
采摘，晾晒，研粉
女人回到炉前文火慢煎
这愁肠百结的日子

（2018 年 7 月 30 日）

夏虫

唧唧，唧唧唧
吱吱吱，吱吱
早晨的虫子叫得和后半夜确实不同
它总在模仿人类
不知疲倦地摩擦击打
应接不暇的轻重缓急和三长两短
在草根与草尖来回扑腾

可它终究学不会
一个人对另一个人的思念
是冬天踩在雪窝里的
咯吱咯吱

（2018 年 8 月 2 日）

中年女人

头发一抓掉一把
捻巴捻巴扔到地上
还有什么不能丢掉的
身体就像被攻陷的城池
草木皆降
法令纹颈纹鱼尾纹通通做了路标
指引着山川河流向下
由狂暴到柔顺

将梦见的鱼丢在井里喂养一夜
再捞出
轻拢慢捻抹复挑
可煎可炸可蒸煮的刺
即便卡在喉咙
也能就着醋硬生生咽下
在肚里拉成一根弦
弹出琵琶

（2018 年 8 月 4 日）

夜听雨

急骤而来的雨
像千万匹宣布行刑的快马
腰斩了树的酣梦
那刀快得
一片片落红倒地的姿态
跟古代被腰斩的犯人一样
那些个流亡的罪犯、打家劫舍的土匪
还有那些个大胆的淫贼
那疼痛是一样的

他们砍掉的魂，都是叫“怪哉”吧
只会躲在草窠里
有的学会了磕头
匍匐在地上谢主隆恩
有的学会了弹琴
唱着墙头马上的爱情
更多的什么也没有学会
恍恍惚惚在草叶上吸露
在黄土里刨食

那喊着“刀下留人”的快马迟迟没来

（2018 年 8 月 5 日）

想起傅红雪

那时我看见你
在黑暗里练习抽刀
也练习仇恨
怎样砍削你苍白的身体
和那个把自己钉进棺材的人
在口里含一枚毒银针的人
那些冻结在雪地上的亡魂
一起躲避

孤独和恐惧
在一捧绝望的红雪里抽搐

我也练习很多年了
那个抽刀的动作
那个跛脚在雨夜里赶路和呕吐的动作
我都早已谙熟
还有那每一丝决绝与迷惘的裂缝
怎样在掌纹里延伸出无数个边城
我看到你的影子走来走去

我想我能更快地砍下月亮
让夜里被惊扰的马匹
不再撕咬和奔逃
让它们只搭载吴刚的桂花和酒
让你疼痛多年的刀鞘吱呀一声
拨开温柔的柴门

（2018 年 8 月 11 日）

梦中

我抚摸你
像抚摸一棵放倒的树
高山流水枝头缠绕
鸟的鸣叫都是彩色的

我是穿过一排排枪林弹雨而来的
阳光也是一排排的
还有雾霾，还有花香
所以你抚摸着我的时候
你会闻到，伤口流出的
有死亡之气，更有新生之气

（2018 年 8 月 26 日）

日本制刀人

他从水中捞起铁砂
在火中烧制玉钢
在咸的汗和甜的稻花上
堆积，打磨
折叠自己的一生
来锻造

死亡
也是件工艺品
让刀弓再弯一些
弧度再圆一些
他把眼眯成线
琢磨一根根骨头穿过的
速度和美

他的眼中没有仇人和敌人
美是他的爱人
生死是爱的连缀
他编织他切断
丝滑的锦缎上

生紧贴着死
美一样的薄片

制刀人的名字和刀陈列在橱窗里
他们一起得到了永生

（2018 年 8 月 28 日）

我的思念是一幅岩画

曾经触摸你的筋脉
就像触摸伟岸的山河
深埋金银铜铁锡
每一处都是宝藏

你拉起我的手
在峭壁与荒草间
学习狩猎与种植
从东胡到匈奴，从鲜卑到蒙古
从四川到云南，从阴山到贺兰
在赭黄褐灰中寻找一抹春色

寻找一支笔
在每一个纵横的石缝间，涂满
这古老的人间幻象

（2018 年 9 月 12 日）

情话

你对着八月的黄昏
练习要对她说的那几句话
让窗外偷听的石榴，羞红了半边脸

（2018年9月12日）

等待台风（一）

去年等“天兔”，今年等“山竹”
动物凶猛，植物也是
可爱的水果也是
当咒怨从皮肉深入骨髓
没有什么不能改变他的属性

午后的阳光还在
阳台的茉莉和蔷薇还在
谈情说爱，期待黄昏
当风暴之眼张开
这些被圈养在盆中的温柔
是选择死，还是选择疯

没有一双能奔逃的脚
其实我们和它们一样
只能将时令生鲜榨汁
热的冷的段子和笑话
一杯接着一杯

假装从来没有担忧
假装从来没有恐惧

（2018 年 9 月 15 日）

等待台风（二）

窗户关关开开
衣服收进又晾出
连天空都举棋不定
在西边留守一半的白云

这夜更适合等待，以末世的心情
一个英雄，从千军万马中
铩羽而归，一壶烧酒来刮骨疗伤
流萤不飞，思念不痛

《大风歌》和《垓下歌》交替响起
电闪雷鸣于三通鼓后
胜利和失败的旗帜一同披靡
在暴雨中
让我滚烫的心去贴紧你冰冷的灵魂

（2018 年 9 月 15 日）

等待台风（三）

今夜，不想睡觉
你是否和我一样
以不甘的心情
等待天空绽放或溃烂
“今夜月色如水”

在吟诵之前
请先改变那原本温柔的意象
你要知道，月可以黑风可以高
水可以漫过金山
淹没一个个伸长的脖子

当疯狂的风吹遍整个世界
有谁还能听到你在梦中高喊着救命

（2018 年 9 月 16 日）

等待台风（四）

天亮之前
风模拟着雨的声音
把门窗和树木逐个拍打一遍
仿佛一次试探的测试
带着点漫不经意而又小心翼翼
其实高难问的自古都是天意
台风随意变更的路径和速度
谁能准确地测量和抵挡

所以，让我把钻石翡翠还给你
把香水还给你，把丝滑的绸裙还给你
把指尖的缠绵和唇间的吻还给你
这世间的奢华与诱惑

如果注定是一场毁灭
就让我换上红色的兜肚
寻找一块温热的胸膛安睡
以婴儿的姿态
以婴儿的表情

（2018 年 9 月 16 日）

牵牛花令

一哭，二闹，三上吊
这刁蛮泼辣的小媳妇
和她的牛郎生了大半夜的气
偷偷拿了牵牛的绳儿
在房后的树梢上缠了又缠
吊起一十五个紫红色的竹篮
七个朝上，八个朝下
——哼哼，明早摸不着我的花布衫
看你心不心慌
这次，她不再吊自己

（2018 年 9 月 17 日）

下酒菜

喝一口啤酒，就一口西梅
酸酸甜甜
想喝酒的时候，什么都可以当下酒菜
也可以就一口月亮
他翻过墙头跟我约会时说的情话
比银子都脆
也可以就一口茉莉
反正过了今夜，她就憔悴了

（2018 年 9 月 18 日）

为赋新辞酒一杯

（一）如梦令

不管再怎么用失眠惩罚
我也不会向你告密
黎明的霞约会黄昏的霓
那得有多么大的勇气
我也不会说出帮凶

一股妖风溜着墙根疾走
一头花豹踩痛蔷薇的刺
窃取的月光点了灯笼
还有一个身影
剥去我的裙子和十指的丹蔻

她说，只有这酽酽酒红
才能把你这黑脸无情的夜灌醉

（二）醉花阴

绣了牡丹绣芙蓉
五色的线穿过七彩的光影
谁家的娘子盯着一件件丝裙出神

相公啊
昨晚你在路上可睡得安稳
有没有听奴的话
乖乖把头放平免得落枕

其实是临走前给你新换的小褂
领子里故意缝进根针
担心哪个小野猫蹭上来
那就要戳疼她的烂爪子

又担心会扎到你
我让一根根银针醉卧在花阴
枕着它一晚晚试睡

（2018 年 9 月 22 日）

我躺在秋天孤单的大地上

没有一颗苹果落在我肩上
也没有一颗月亮落在我肩上
山兀自遥远

雁的翅膀在暮色中犹疑
风向不定
今夜是否能栖卧那片金色苇塘

搬一块石头压住咳嗽
我抱住酸痛的双肩，不敢思念
也不敢梦想

彩旗招展，白鸽如期飞翔
攒动的人群看不到那个温暖的脸庞
我躺在秋天的大地上
倍感孤单

（2018 年 9 月 30 日）

季节病

血流了十二个白天和十二个黑夜
从一个温暖的房屋到幽暗的山谷
听不到一声枪响
大雁坠落芦苇的白
河岸忍住呻吟

没有结局的战争，伤口在暗中
舔舐，死亡的气息
追着一只蓝蝴蝶的翅膀
刚刚逃离一株牵牛花
一个夏日
朝生夕死的爱情

天亮了，不要寻找
我昏睡在梦中梦着
旧梦，那永远翻不到页码的书

（2018 年 10 月 5 日）

乌鸦与梧桐

“平娃，你爹要回来啦！”
母亲从厨房里跑出
解下围裙欢喜地看着天空
院里种着一棵梧桐
乌鸦站在最高最直的枝上

我对此深信不疑
每次乌鸦叫三声后
我和母亲就能等回在城里工作的父亲
一边用铺满胡茬的下巴痒我
一边从口袋里掏糖甜我
有次过年还从编织袋里掏出条大鱼
把我摆在地上和它比高低

用最难听的声音报出最好听的消息
这只鸟的神通在十年前却失了灵
那天母亲靠在门口等着
从城里赶回的人是我
父亲躺在梧桐棺木里
灰白的胡茬刮得干干净净

现在乡下都很难见到乌鸦了
过年家家户户的门上都贴着喜鹊登枝
没了梧桐的母亲不知还靠在哪里
说到这儿，老姜咧了下嘴
手指被正吃着的蟹腿扎出了血

（2018年10月18日）

在南方

这么多年了
竟然没有学会一句粤语
我一直在向南方的草木学习
爱情
何以四季葱茏

小叶榄仁每年春天都准备翡翠礼物
凤凰木在六月的情话红得像火
紫荆花接过异木棉的情侣衫
从秋穿到冬

还未褪去青涩的芒果迫不及待跳下来
在地上练习接吻
喜欢紧紧拥抱的荔枝总是娇羞脸红
还有热心的风和雨为它们做媒
沙沙——哗哗——啦啦

所以亲爱的
笨拙的我至今都不能向你告白
那些学不会的美妙都是天籁

（2018 年 11 月 3 日）

草地上一只麻雀和我对视

那样子仿佛多年的老友
一起追忆北方
三十年前的一场大雪

你抱紧受伤的翅
遍翻树下的枯草
我在雪地里滚动
走着笑，坐着笑，躺着笑

而今我是一枚躺在岭南的荔枝
你只一眼就看出
当年的寒凉在体内淤积成毒
那枚冻伤的红果
只剩一个冰硬的核

南方十一月绿绿的草地上
一只麻雀和我独脚站立

（2018 年 11 月 10 日）

异木棉和木棉

异木棉又叫美人树
木棉花又叫英雄花
美人长大的季节
英雄已一半化作尘土

点燃灼灼的火把
用长矛去挑战风云
把天洗得更蓝
美人想象和英雄并肩的样子

美人把脚插进土里
把手伸向天空
我爱你，我要你的名字连你的刺
夜夜夜夜
疼痛
她长出了和英雄一样的铠甲
并从刺里开出粉红的花

（2018 年 11 月 25 日）

茅草花

春生芽，夏开花
吃茅针，煮茅根
她给你清甜与清凉

长在最贫贱的地上
却没有学会匍匐与攀爬
她立在风中歌唱和舞蹈
日光下
她的笑容亮得晃眼
总有人畏惧而举起火
一轮轮焚烧
她美得不合规矩

到荒凉的坟头
与死去的魂灵相互荫蔽
她生芽，她开花
她宽衣解带
只有静立的松柏看见她的妩媚

（2018 年 11 月 26 日）

秋水

俯下一段光滑的背
盖住春日起伏的欲望
推拿，按压，刮痧
疼痛过后的风躺在桂花上
松散着一粒粒
女人换上淡青色的旗袍

不要投熟透的枫叶进去
那会点着一团火

（2018 年 11 月 30 日）

取悦自己

春天时而把头发染绿
时而在地上戳盖红唇
夜色中
大海羞涩起伏
她的性感
白鸽在雨点中变灰
蒲公英秋水顾盼

取悦自己
我的秘笈比她们还多一点
比如在杯中牧虎
铠甲上镶蕾丝
用爱造句

（2018 年 12 月 3 日）

子在川上曰

凌晨三点醒来
一堆腥燥的牛杂在胃中翻江倒海
子在川上指着我
曰了一遍又一遍
他始终没有算出
水流的速度和我溺毙的时间哪个更快

川上还有一群喊号子的人
我无法像他们那样光溜着身子上岸
把快乐纤得通体透明

逆流而上吧
翻起的鳞片将石头割出血
我只想遇到那个不肯把船丢下的人
一起哭一会儿
逝者如斯夫，逝者如斯夫
我和他一样，蠢笨到只会刻舟求剑

（2018 年 12 月 4 日）

秒杀

师傅说，动刀子的事适合沉着些
可是我今天就想杀一个人

那个人，先是偷了我
二钱胭脂三两银子五斤谷子
然后顺手牵走堂前的一只羊
那只羊我养了很多年啊
雪白的忠贞
温良恭俭让
西山的狼都对它行注目礼
撒个谎会脸红

此刻的时令乱了秩序
双十一拽着双十二
火了又火
把冬月的脸烧到二十九度
狗在墙头啸天，鸡占了桑树
星星无处栖落

师傅，快把你珍藏多年的飞刀给我
趁着艳阳高照

（2018 年 12 月 4 日）

失眠第二天的早晨车行松山湖大道

一截木头
蹭着环城路的道牙
擦着中医院的门边
闪啊闪啊闪啊
松山湖大道的入海口

吧嗒吧嗒的松塔尖上
点头哈腰的老月头
刚给腆着肚子的老阳头点上饭后一支烟

闪啊闪啊快闪开
别让我撞到了您老的拐棍
勾出昨晚的罪孽

的确深重
十分钟的梦里伤了两个人
一个
是我恨的人
闪啊闪啊闪

（2018 年 12 月 4 日）

告别

雪来的时候，我就跟你说再见
我会独自把双脚插进深深的雪里，深深的
梦里没有黑暗，那白光从远处来
像一只蝴蝶，歌唱春天的
你的眼睛，在湖中点燃一个月亮
我想我可以飞了，慢慢地慢慢地
像一只蝴蝶，抱着一朵玫瑰
睡去，软软的，软软的
来生的一朵红晕，化开了
化开了，在你的怀里

（2018 年 12 月 21 日）

小雪

在小寒日弹琴的虫子们换了细细的弦
沙沙沙沙地，如春蚕在桑叶上纺织
细密的雨帘，在手背上痒过
她的眼神，仿如情窦初开的梨花

这个勇敢地渡到河南约会的小姑娘
还没来得及捧出她深处的纯洁
太阳就把她掳走了

（2019 年 1 月 7 日）

为赋新词，欲说还羞

——读郑书慧老师的诗

石买生

想象一下，在南国一座美丽的中学校园，一个中年女子面对每日繁重的工作和诸多尘俗杂事，尚能望月怀远，对花垂泪，思接天外，神游古今，拥有这样一颗诗心多不容易！闲暇之余，打开微信朋友圈，我经常读到郑书慧写的可爱小诗。这些小诗，或托物寄情，或倾诉独白，或火辣炽热，或柔美情深。很多同事都喜欢这些清新怡人的小诗，我也是她的粉丝。这些小诗因独特的美感和情思，能撩拨不同年龄、不同性别人的心怀。四月天里，聆听如缕的蛙声和虫声，郑书慧最想看什么、最想做什么呢？

四月

虫声清凉
蛙声明亮

荷塘在等着
一朵莲的盛开

这清凉、明亮的世界，虫声、蛙声、荷塘、莲这些意象组成的画面，多么和谐，多么宁静。这，就是古典中国的意境啊！这首小诗，不光意境优美，而且很有现代情感。请看荷塘和莲的关系，仅仅是等与开的关系吗？这分明是一种姿态，是期盼，是望穿秋水，是低回与咏叹啊！荷塘、莲，也不是简单的意象，它们甚至可以让人联想到张爱玲那篇奇妙的短文《爱》，爱一个人，就可以穿过千万年，穿越时间的荒野，然后喊一声：噢，你在吗？隐喻，多义，开放，就是现代情感，也是现代诗最迷人之处。

我经常念叨俄罗斯诗人曼德尔施塔姆的两句诗："黄金在天上舞蹈，命令我歌唱。"我对这两句诗的理解是诗人应具备两种本领：既要在九天遨游，亦应在人间行走；既是赤子，亦是凡胎；既要做精神贵族，也要做尘世俗人。郑书慧很好地呼应了曼德尔施塔姆。她写的很多空灵、飘逸、隽永的诗固然可贵，但更可贵的是，她的眼光也不曾离开俗世，离开身边琐事。她写的一些朴素的、接地气的、食人间烟火的诗，尤其让我觉得亲切，尤其值得点赞。比如她有一首诗写监考途中所见，有电影蒙太奇的效果：

乘车去沙田监考途中

一只早起的老狗在撒尿
几株玉米耷拉着头
高价收废品　高价收车　专业搭棚

这些红底的金字招牌
如同奉旨的密令
从北方的郊外一路杀来
南方小镇工厂的灰色楼顶
扬起一骑骑红尘
将妃子的笑容湮没
六月的水田边
戴斗笠的农民撒出一把化肥

一组镜头，将古典与现代奇妙交织：撒尿的老狗、发蔫的玉米、收废品的招牌、灰色的厂房、六月的荔枝、撒化肥的农民。这些东莞镇郊常见的场景，构成诗中闪回的意象，有着朴素的浓浓烟火味，又暗含典故，将“一骑红尘妃子笑”的诗句与杨贵妃被密令处死的传说同六月早熟品种的“妃子笑”荔枝巧妙融为一体，写出了南方小镇城乡错杂、有点灰败又不乏活力的生活。原来，司空见惯的生活中处处藏着诗啊，它期待一双发现它的眼睛。郑书慧有一双敏锐的眼睛，这眼睛有时会喷射出火焰，让她凤凰涅槃，在火焰中重生。这种火焰，有时集中体现为一种批判精神。她有一首《莲说》，写的是读《爱莲说》所感，对周敦颐强烈质疑，情感完全释放，女性自我意识彻底觉醒，写得淋漓酣畅，叫人过目难忘——

莲说

赋以爱之名，君子之名
我小心地屏住呼吸
九百年

用一个池塘分开距离
抚爱是我不需要的
不是仰视的眼神也是不能要的
把芯埋入泥，不蔓不枝
让眼泪凝结成露珠
滚动，一遍遍自洁
我按神圣的意愿把自己修炼
远处膜拜的手掌没有温度

今夜月光微凉
我一如既往静心打坐
一只蜻蜓在我头上立了很久

梦里，一个温柔的声音在耳边厮磨
——亲爱的，花的开放就是为了招蜂引蝶

职业是老师，写诗属爱好。作为一个业余写作者，在自媒体时代，郑书慧写的小诗只偶尔在微信上闪过，也许闪过便消失了。她的诗，不是苗圃中的贵族，雍容华贵而引人注目；她的诗，更像乡间的野花野草，微小驳杂但充满清新与活力。她是一个辛勤的园丁，播种、施肥；她的花儿默默开着，开得娇羞，在角落里，展示另一种妩媚。

石买生，江西都昌人，中学高级教师，现供职于东莞中学松山湖学校。江西省作家协会会员。在《散文》《雨花》《散文百家》《创作评谭》等发表散文 20 多万字，作品入选人民文学出版社《2005 年度散文选》、《江西六十年文学精选》、《中国散文精粹》等，2005 年出版散文集《冬日阳光之书》。

陌上相逢，竟不识蓝衣女子

吴丰强

三月的一个日暮，我在校园里走路，看到一个蓝衣女子，觉得在哪里见过，又想不起来是谁；看那女子的眼神，似乎是熟人，她分明在和我打招呼，可我在想不起来是谁之前又不敢贸然回应示意。默然之间，她已从路那边盈盈走过。这是谁呢，这翩翩蓝衣女子？我边走边想，突然心中叫了起来：郑书慧！回头一望，她走到百米之外，我已无法表达我的歉意。回来的一路上，我总在想，如果她穿红色的衣服我一定认得出她，如果她和陈昕老师一起走，我也认得出她，可是她一个人走，穿起了蓝旗袍，脱离了熟识的一切，出落为另一副样子，也怪不得我认不出她来了。

现在，在她的诗稿面前，我又认不出她来了。我听过她的课，和她一起喝过酒，有一次我们还长谈《呼兰河传》。我自以为了解她还是比较多的，可是读了她的诗，那些外在的琐碎印象，就完全形成不了一个整体，显得模糊而不成面貌，郑书慧只在她的诗中。

我曾在 2017 年的春天，给高三的学生讲过她的诗，一起讲过的还有老石的诗。我当时嗓子哑了，只能比画着讲。记得我讲的是她的《梦见秋天》，我的课名是“春天来了，看看我们的老师在干什么”。在她诗的前面，我写了一行字：“今天凌晨五点，我醒来，看到一位女老师的诗歌。”学生看了她的诗歌就鼓掌。我用手在诗上画了几行：“然后你开始坠落／扑向同样坚硬的霜地／犹如红玉落入银色的碗／／和我下落的眼泪一样／来不及疼痛”。我的学生懂事地点点头，意思是“我明白”。我在黑板上写道：你有痛感吗？坚硬的柿子你见过吗？这些柿子为何成熟得如此坚硬？坚硬的柿子“扑向”坚硬的霜地，这个“扑向”是多么的热烈！请注意这大地是“霜地”，寒冷坚硬如瓷，这火红的柿子“扑向”霜地，就是为了成就“红玉落入银色的碗”的美感，以痛感塑造美感，这就是诗的情怀。

一个学生看我边写边擦，就跑上讲台，帮我擦黑板。我一时兴起，又开始和学生一起欣赏老石的诗《我与一粒沙子的命运》和《春天把一切都安排好了》。在开头我也写了几行字：“我有个哥们儿，永远不能放松对他的注意，你稍不留神，他的满头积雪就会被春风吹出一朵一朵雪花，像一个接着一个瞬间，让我迷失。”那节课，学生听得很认真，很兴奋。他们诧异，他们平凡如斯的老师，怎么突然变成诗人了？简直认不出了！下课后，学生纷纷跑来跟我说：“老师，郑书慧是我初中的老师！”“石买生是我高一的老师！”他们因有诗人的老师而自豪。

7 月 26 日，郑老师请我从她诗集中挑几首写个评论，这下可为难我了。我虽然爱诗歌，但不懂，而且越不懂越爱。我读小说和诗歌都有坏毛病：读小说，记不住故事，只记得几个细节；读诗歌，记诵不了整首诗，只记得喜欢的句子，所谓“寻章摘句老雕虫”是也。有人说，花朵离开枝头便失却了美丽，因为花的美是整体的。可是我的喜好难改，还是难改采撷的习惯，所以看了郑老师的诗，便一路采摘，也是暗香盈袖，情非自已。

郑老师的诗炽热，像炭火，特别是情诗，如岩浆奔突，不可遏抑。

像《这个清明无雨》，在“飘飞的长发缠绵成柳丝”之后，在“水眼波明丽／莺体态轻盈”之后，在“看着纸灰从红变黑，从黑变白”之后，“群山静谧”，静谧如群山一样凝重，“她知道他不会来了”，于是像岩浆一样的情感爆发，“女人决定今夜行动／那划开的乳房／足够将他的名字再安葬一次”。这柔情似水的爱，竟完全以女性的方式——“划开乳房”——毁灭，这样斩截，决不拖泥带水。的确，爱情有爱情的质地，爱情既是呼唤，也是抉择，不容苟且。在《四月的蔷薇》里，女诗人鲜明地表达了这一点。诗歌一开头就列举鸟、蝉、蝴蝶诸般形色，它们既想醉倒在蔷薇的香气里，又似乎狼狈仓皇，因为蔷薇不仅有醉人的芬芳，还有“隆起的刺似乎比花还要饱满”。这是个好意象，好在“比花还要饱满”，暗示蔷薇的刺比花还要出色。鸟、蝉、蝴蝶纷纷逃走，唯有女诗人想抱紧“花和刺”，攀援古老的城墙。这城墙一直以其高大坚固封锁蔷薇的芬芳，将春天禁闭。可女诗人并不屈服，她想“用旷世的奇香／蛊惑风／撩起她的裙摆／／兜住月亮撒下的满地碎银／在墙头锵锵作响／召唤天下的猛士前来”。这样的诗句很有质地，富于表现力，它既有撩起裙摆的泼辣与放纵，又有充满阳刚气质的纯美而奇特的想象。那月亮撒下的柔美碎银，本是静态之美，却在她手里变幻为铿锵韵律，“在墙头锵锵作响”，以召唤天下猛士前来。诗要有点神奇与灵动，要有内在的变化，以涌起外在的形式，而不是直趋情感，类于裸奔。郑老师的诗没有凝滞于物，总能找到合适的翅膀，让诗歌飞扬起来。

郑老师的情诗还有另一种风貌，声音不高，语调沉静，呈现清澈澄明之美。《都城南庄》的叩门声就很静，“门环的声音比泉水清脆／空 空 空／／我将心跳和月亮一起按住／嘘——／／飘来的种子／不能被唤醒”。诗句里依然有心跳，但气氛安静。这安静来自泉水和月亮。泉水让叩门声显得特别纯净，暗示门外人情感的纯洁；皎洁的月亮则映现“我”的美好情愫。而最为玄静的是那叩门声，“空 空 空”，是声又不是声，是道又不是道，意境特别沉静。《莲说》也说得安静。“今夜月光微凉／我一如既往静心打坐／一只蜻蜓在我头上立了很久／／梦里，一个温柔的声音在耳边厮磨／——亲爱的，花的开放就是为了招蜂引蝶”。虽然诗要说的是令人躁动的感悟——“花的开放就是为了招蜂引蝶”，但诗的形态却显得特别宁静，“我”在打坐，月光微凉，一只蜻蜓在“我”头上立了很久，用沉静的语调说出令人热血沸腾的感悟。那个感悟就没有一丝躁动气息，而又显得不可移易。

郑老师别的诗也写得好，比如《沙漠吟》的开头就很有想象力。“起伏的仿佛不是黄沙／而是钟声／从遥远的地平线外／从更远的荒古传来／升腾的也仿佛不是阳光／而是庙堂上一炷炷的香火”。黄沙的起伏，不从形态上联想，而从看不见的声音波动上联想，联想到空间的遥远，联想到时间的悠久，沙漠的空虚和寂静顿时为钟声与历史所充实，与人类联结在一起了，沙漠不再空漠。诗歌难得有这样创造性的想象，它往往能打开一个新的视域。《致女友》这一类家常诗也很好。女人爱买衣服是普遍的事，诗人却得到不一般的感受。女友喜欢买衣服，人到中年衣服买到衣柜装不下，从外面看这女友怎么也看不明白，可是诗人从内部观察，就有了另一番光景。“我看见被闷得太久的阳光／从那一堆的花花绿绿中钻出来／一下子把你推回／那个素白的十九岁／我们手挽着手／细胳膊细腿”。这衣服里有阳光，有时光；这衣服是岁月的载体，是生命的回忆。对于女人来说，衣服是贮存生活、情感的形象物。诗写日常，体验日常，感悟日常，发现日常，化平常为不平常，让生命、生活重新充满意义。郑老师这一类诗读来很亲切，我最喜欢这诗的最后一句“细胳膊细腿”，它把青春的青涩写出来了。大概丰腴的中年女子最容易触及青春模样的回忆：“细胳膊细腿”。诗的本领有时候就体现在能抓住富于典型意义的形象细节，以调动读者的感受力，或者说滋养读者的感受力。每当我在郑老师诗里读到这样的细节，我的感受力似乎就增长了一点。

诗如其人，诗也未必如其人。我在阅读郑老师诗歌的时候，有时诗歌和生活中的她叠合在一起，有时候又分开去，似乎远在云水间，给我以“翩若惊鸿，婉若游龙”之感。因为有这样惊艳的经历，我还是把握不住，他日陌上相逢，未必识得蓝衣女。

吴丰强，东莞中学松山湖学校语文老师，喜爱诗歌和小说。

尘世小儿女，江湖铁戈声

——读郑书慧的诗歌

泽平

很多年前，陈平原先生写过一本书，唤作《千古文人侠客梦》。在书中，陈先生纵论古今武侠小说的侠客形象及其与文人千丝万缕的牵系，可谓精彩迭出，语出不凡。其中，陈先生讲道："侠客独立不羁的个性，豪迈跌宕的激情，以及如火如荼飞扬燃烧的生命情调，确实令文弱书生心驰神往。"之所以在此提起这个论断，是因为近日在读郑书慧的诗歌中感受到了如陈先生所述的侠客情怀。这种金戈铁马的生命强力，纵横驰骋的自由意志，在其诗文中充塞盈满，以至不能不为之侧目。

你适合雪夜带刀
和林冲一起走出沧州
将一路的风雪装入
十八个青釉的土瓷碗
饮下
所有的血泪
摔碎在窄巷
脆响铮铮

从此身后没有江湖

你又适合在月夜
骑乘轻捷的豹纹
穿过一地的郁金香
将魅惑在流水一样的长发里
飘散成蛊
从此英雄无归路

——郑书慧《致红》

我不能明确地确认这首诗写的是萧红。但我猜测，就算不是，也应该是一个差不多的女子。我没有特意去问，是因为，其实写的是谁并不重要，重要的是写了什么。《致红》分为上、下两节，其实讲的是两个层面的内容：一则金戈铁马，铮铮然有江湖之声；二则刚中带柔，充满了尘世女儿的柔情。其实在我看来，这首诗代表的正是郑书慧本人的肉身和灵魂。灵魂渴望的是一种轰轰烈烈的江湖纵横驰骋的快意，而肉身却无法跨越生活的鸿沟，只能在尘世的光阴里，饱尝着岁月的留痕。但是，换一个角度看，正是尘世里肉身的不自由，催生了灵魂的浪漫不羁，一种不断走向远方和自由的愿望，成为一种不可抑制的情绪，洋溢在她的诗句之中：

诗歌看了十首
酒喝了两个半杯
不用照镜子

就知道脸已成了红布
颈上的疤也成了娇艳的蝴蝶

这自酿的白兰地
可真是够劲

今夜不想李白
我只想和武松对饮
小二，来两斤牛肉

——郑书慧《喝点酒便觉得自己是个侠客》（一）

喝点酒便觉得自己是个侠客
可以仗剑长安
会一会那五陵少年

可以一刀毙命
可以一剑封喉
可以一枪破九州

困意袭来
我摸了半天
都摸不到卧房的开关

——郑书慧《喝点酒便觉得自己是个侠客》（二）

梦想仗剑走天涯成为郑书慧诗歌中一种高亢而浪漫的底色，但如果仅仅只是这样，那么诗歌便不免要落入单调，落入一种求而不得的苦闷之中。所幸的是，在另一个层面上，郑书慧对尘世中种种体验的书写，丝毫不亚于对江湖和远方的执着。也正是因为她身上儿女柔情与江湖侠气的共存，她笔下对人生和生命情景的书写，带着某种难以置身事外的热切之感。

急骤而来的雨
像千万匹宣布行刑的快马
腰斩了树的酣梦
那刀快得
一片片落红倒地的姿态
跟古代被腰斩的犯人一样
那些个流亡的罪犯、打家劫舍的土匪
还有那些个大胆的淫贼
那疼痛是一样的

他们砍掉的魂，都是叫“怪哉”吧
只会躲在草窠里
有的学会了磕头
匍匐在地上谢主隆恩
有的学会了弹琴
唱着墙头马上的爱情
更多的什么也没有学会

恍恍惚惚在草叶上吸露
在黄土里刨食

那喊着“刀下留人”的快马迟迟没来

——郑书慧《夜听雨》

《夜听雨》听的不是雨，是惊雷。在中国古代，死在菜市口砍头台上的人，不乏大奸大恶之徒，但也有不得安息的冤魂。诗人抛开了道德上的评判，感受到了一种切身的肉身疼痛。而她其实是想借这些可怜的断头鬼，深刻地讽刺古代奸臣小人的软骨病、墙头草做派。

当然，《夜听雨》只是她诗歌中一个比较特殊的例子，她更多的诗歌更倾向于抒情，以一种清脆的生命之音，唤醒被俗世缠身的自己，以一种美好的田园小调，回归生命和情感的自然之美中。

每一个被春鸟唤醒的早晨
每一个被秋虫抚慰的黄昏
你的指间缠绕最美的流水
煮我的酒
芬芳如春

你在
我看见小鹿掠过山岗
你在
我看见幽兰逸出空谷

你在
三千的烦恼被织成万丈的锦缎
裹住岁月深长
我又怎能和你江湖相忘

——郑书慧《你在》

这样款款的诗歌，充满着情感的流光溢彩，一读就能懂。一种对岁月静好、情感绵长的恋歌跃然纸上。在郑书慧的诗歌中，抒发情感的不在少数，但这样安静、从容、美好的，确实不多见，更多的，是一种物与我的缠绕与交融，并在交融中传达出对生活暗面的某种超脱，以一种足以燃烧春天的热力，去开拓新的美好。因此，她的诗歌，其实是从生活的不平处出发，而指向一种希望的底色。

我想在身上文一只蝴蝶
她蓝色的翅膀直抵我的锁骨
那是从忧郁的夜色里提取的颜色
浓郁到足以掩盖丑陋
掩盖一切荒芜

我的每一次疼痛
都让她长出一条新的纹路
指向春天

红的是桃花
绿的是柳林

当一声鸟鸣将庄周唤醒
他看到
这个世界和他梦到的没有什么不同

——郑书慧《立春》

《立春》起于忧郁，生于疼痛，而指向春天，很好地说明了她诗歌的倾向。当然，就这首诗歌而言，从构思到行文，都充满了韵味，看似浅显，实则处处妙不可言。物与我的交融，既带着自我生命的印记，也充分展现了自我与古典文化的共生和互文。

真的，我没有把你看作一株花
或者一个坚贞的象征

我只把你看作一个女人
在夜色中期待和畏惧
你绷紧了每一个手指和脚趾
等待一场雪

等待他温厚的唇
吻醒你裹紧的欲望
等待他的坚强与柔软

他的热情与凉薄

在一层层的覆盖中
你的娇蕊颤动如星星
一缕缕奇香析出
从幽秘的最深处

风摇动你快乐的吟唱
在冰冻的大地上
我听得见
春听得见

——郑书慧《咏梅》

在这首《咏梅》中，我们进一步看到了郑书慧赋形于物的本领。她擅长以自我之情感投射于物之上，给予事物以全新的情感和灵魂。本诗中，诗人赋予梅花一个尘世女子的形象，渴望着以冰雪（象征着纯洁）为背景的爱情的降临。直抒胸臆的笔法，激烈绽放的情感，让人感到一种扑面而来的热度。当然，如果进一步解读，我们甚至可以说，这依然是物我交融之写法，诗人在情感上，已经化为一株傲立寒冬的红梅，等待着一场灵魂深处的风雪的降临。

在以上的诗句中，侠义、热烈、柔情、温度，成为我们对郑书慧诗歌的一种印象，但是，好像，我们看到的都是一个自由奔放的郑书慧，没有太多的忧伤，没有叹息。是的，从某个角度上看，我们上面看到的诗歌，呈现的正是一个积极的、充满着生命热力、洒脱而富于希望的郑书慧，她在冬天自然就会看到春天。那么，这是不是她的全部呢？当然不是，在诗歌中，她还呈现了另一个完全不同的向度——一种对生命易逝，韶华不再，身如过客的悲伤。正是这一向度，让我们看到一个更为复杂也更为真实的诗人。

当山后桦树林的影子
长了一些又短了一些
当酢浆草的叶子又变得深郁一些
白色的鸟偶然飞过
褐色的种子持续掉落

我和你挤在大地的深处
心脏和惊蛰的虫子一起蠕动
甜蜜又冰凉

我是多么贪恋
这泥土的腥燥与湿热
挟裹层层的芬芳
在欲望中挣扎
灵魂与肉身都愈加无力
我抱着你一路下沉

我已辨不出你的头发

和缠绕的藤蔓
你的眼睛
和夜色哪个更黑
你也辨不出我手的温度

亲爱的
只要你记得
你来过这里　我来过这里
我的手抚摸过风
抚摸过流云
抚摸过你的面庞
我喜欢你一如这旷野般色彩明丽

——郑书慧《我喜欢你一如这旷野般色彩明丽》

这首诗给我留下非常深刻的印象。可以说，这是一首足以踏入经典的诗歌。郑书慧写诗时间不长，从 2016 年开始，迄今仅仅两年，在这首诗歌写出来之前，她可能仅仅是一个诗歌的爱好者，但在此之后，我认为，她已经成了一个真正的诗人。原因很简单，因为她已经找到诗歌最本真的密码：生命。只有从自我生命最深处挖掘出来的东西，才能成为震颤我们灵魂的洪钟大吕。这首诗到处充满了对不可把控的生命的惆怅，对流逝的一切的无可奈何。这种无力感，其实是我们每个人共同的感受，只是无法用一种恰如其分的方式来表达。而郑书慧的表达非常地深刻："当山后桦树林的影子／长了一些又短了一些／当酢浆草的叶子又变得深郁一些／白色的鸟偶然飞过／褐色的种子持续掉落//我和你挤在大地的深处/心脏和惊蛰的虫子一起蠕动/甜蜜又冰凉……”我无意于再把诗歌抄一遍，但是，这种对事物细微变化的刻骨描绘，恰恰表达的是对时间流逝的惊心动魄。

如果迷路了
就让我哭泣一会儿吧
我的眼泪也像春天的草籽
从你的肩头撒下
不管它能开出什么
那都是我对你思念的形状

——郑书慧《我怎么舍得离开你呢》

诗人最初从侠义之路出走，在尘世生活中渴求一种热烈的绽放，最终，在生命和时间的流逝中，看到了人生的沧桑，正是这种沧桑，转瞬之间，让诗人掌握了某种通往诗歌秘境的密码。这种密码以生命相嘱托，当然会绽放成生命的另一种激情。

这些诗歌，是在尘世的悲欢离合中，慢慢沉淀出一种烈而醇的香味，就像那些越埋越香的老酒，尽饮之后，便不免生出一种浮生若梦的辛酸，清冽而后回甘。其间种种豪情，种种繁华，种种妖娆沃若，种种离愁别绪，种种沧海桑田，最终都化为一种挥之不去的柔情，一种对岁月或温情或凉薄的同情乃至和解。

虽然，我们在这中间看到苍茫式的忧伤，但是，对作为诗人的郑书慧来说，苦难和忧伤并不会成为阻碍，相反，却是成就她的生命和诗歌的另一抹色彩，一如她的诗歌中写的那样：

待天亮，我是你的光
你的歌唱
是你的泉水
你的花香

——郑书慧《让我为你点起一盏灯》

泽平，原名许泽平，诗人，青年评论家。著有诗集《在时光与落日之间》《独脚站立的人》，评论集《在时代的暗夜中穿行：80 后诗歌考察》等。曾获“2013 东莞年度文学传媒大奖 · 诗歌奖”等奖项。现居东莞。

读　你

朱华华

与书慧相识十余年了，一直倾慕她一袭旗袍典丽娴雅的万方仪态，更钦佩她与生俱来对文字的敏感。这次通过诗集读书慧，我更深地走近了她。

读你，读到了超越烟火的美丽。

美，是所有走近书慧的人第一时间的共识，从她的秀眉俊眼、她的婀娜身姿，都很难看到岁月的痕迹。女人是天赐的尤物，书慧懂得珍视上天的眷顾，她用栗色的卷发掩映润泽的红唇，用时尚的项链呼应精致的耳坠，用镶边的裙摆衬托纤柔的柳腰……天赐的美与对美的缔造，让书慧的美打败了时光。

热爱美，热爱美好的生活，永远怀着春草拥抱阳光的赤子之心，一如她对诗歌的热爱，让书慧的美有了持续生长的沃土。书慧的美是超越了尘世烟火的，那忙着往脸上敷粉的鸡蛋花，那红裙散落在地上的紫荆花，那躲在枝头痴笑的异木棉，那拼比颤音的白鹡鸰黑鹡鸰，那雪野中奔跑的红狐狸，那雪树下透亮的红果子，那掠过山岗的小鹿、逸出空谷的幽兰，那伴着蛙鸣虫唱等待一朵莲花盛开的荷塘，那每年春天都准备翡翠礼物的小叶榄仁，那六月的情话红得像火的凤凰木，那接过异木棉的情侣衫从秋穿到冬的紫荆花……书慧诗歌中的世界能让鸢飞戾天者息心静气，能让经纶世务者流连忘返。还有那么多让人动容的书写春天的诗句，那如出墙的红杏般拼命从一冬的寒冷中奔突到高枝上的春天，那如任性的少年般怀揣着槐穗捂出了心事的春天，还有异香齐放的春天、万木葱茏的春天。在人生的秋季，书慧诗歌里的春天却是那么的缤纷盎然！

书慧的美与书慧的诗一样让人迷醉，如一束光，穿越世俗烟火，穿越喧嚣扰攘，穿越物欲凡尘，惊艳了我们在庸常中疲惫困顿的眼，也清澈了我们在浮名虚利中日渐油腻的心。

读你，读到了对生活的挚爱。

书慧和很多女人一样多情而细腻，又有着超越一般女性的理性，或者说因多情而挚爱，因细腻而敏感，因理性而清醒，更因兼具挚爱敏感与清醒而容易受伤。

书写思念与孤独，是书慧文字中最美的一隅。《采莲曲》中哪怕“我”只是你从指缝里漏出的沙子，哪怕夕阳下搭建的城堡在风浪到来之前就溃散了，“我”依然将那采莲曲一遍遍高唱，一只只蓝色蜻蜓落满肩膀。《这个清明无雨》中在他不会来的夜晚，女人用那划开的乳房，将他的名字一次次安葬。在《独角戏》中，在没有了对手的舞台，在自己的故事里也能于滴血的脚下生出莲花。书慧的诗中有相思有孤独，有失意有失望，但却永远是哀而不伤，凄美而芬芳。她在诗中书写真实的欲念，书写一个女人在夜色中的期望和畏惧，书写一只蜻蜓对一朵莲花的夜半私语，“亲爱的，花的开放就是为了招蜂引蝶”。我想起了舒婷的那句诗，“与其在悬崖上展览千年，不如在爱人肩头痛哭一晚”。书慧的诗与舒婷的诗一样，因为真实而动人！

读你，读到了生活中的豁达。

书慧有一双参悟现世的慧眼，她在《黄昏》看到了一对相拥的情侣，也看到一个独眼的老人在等着他那树边撒尿的老狗；她看到了一个婴孩捧着他的奶瓶在小推车里咯咯地笑，也看到一只蝉落到地上……善感的诗人因此而泪流满面，生命的潮涨潮落、轮回更迭，不都是迷人的美景吗？正如一朵花由粉变白。即使在《梦中》穿过一排排枪林弹雨而来，她同时看到了阳光也是一排排的；她看到了雾霾，也嗅到了花香；所以伤口流出的有死亡之气，也有新生之气。书慧是通达的，她懂得与现世融合，融为白云的一部分，融为浪花的一部分，融为光明的一部分，融为谷香的一部分，甚至成为你悲伤的一部分和你喜悦的一部分，而能融合的前提，都是因为爱啊！

书慧的诗中是没有绝望的，她太爱生活，不舍得绝望。即使岁月疯狂地击溃中年女人的容颜，即使利刺卡在喉咙，她也能就着醋硬生生咽下，甚至在肚里拉成一根弦，弹出琵琶。即使面对可以随意变更路径和速度的台风，面对一场注定而来的毁灭，她也能优雅地还却世间的奢华与诱惑，从容地换上红色的兜肚，寻找一块温热的胸膛安睡，以婴儿的姿态，以婴儿的表情。

读书慧的文字，我想起了另外两个女人，J.K.罗琳和爱丽丝·门罗。不是为了刻意抬高书慧的文字价值，而是从女性的角度欣赏，罗琳与无望的婚姻决裂而走出发霉的生活，门罗在锅碗瓢盆尿片奶瓶的缝隙中寻找阳光。书慧与她们一样，有着对文字的热爱，对文字的执念。

“一尘不染不是没有尘埃，而是尘埃任它飞扬，我自做我的阳光！”书慧通过诗歌告诉我们生命的真谛。书慧有一颗颤动的花心，在人生的任何一个季节，在现世的任何一个角落，她不会停止她的颤动，她的世界也因着她的颤动，而灵动，而明媚，而光亮，而鲜泽。

读书慧，读书慧的诗，使我想起了《诗经》，想起了文学之河最清澈的源头，想起了童稚时期不染尘杂的爱情，想起了桃之夭夭、灼灼其华。

朱华华，中学语文高级教师，省级普通话测试员，东莞市高中语文学科带头人。

我喜欢你一如这旷野般色彩明丽（代后记）

郑书慧

是什么时候开始爱上诗歌的呢？不知道，就像问我什么时候爱上你一样，不知道。我想，很多时候，爱的发生，最初都来源于孤独和恐惧吧！

小时候，我是个胆小内向的人，敏感又羞涩，害怕跟陌生的事物和陌生的人打交道。放学路上总是低着头溜着墙根走，怕碰见熟人（当然是大人）要打招呼；家里来了客人，我就会躲进里屋不出来，因为不知道跟他们说什么。爸爸教我："你不会说'吃了吗？'"我振振有词地反驳："明知道人家吃过了还问，不是虚伪吗？再说人家要说没吃，那接下来不是要留人家吃饭吗？"还怕被妈妈指派出去借东西（小时候物资短缺，家里很多生活必需品都是缺东少西的），比如要到大妈家借个筛面的箩，到二婶家借个量米的升之类，甚至一勺盐、一碟醋。这是最让我头大的事情，不知道怎么开口，开了口也不知道怎么说。

最怕的就是放学回家被困在门外，等待让我备感不安。那时家里的大门还是一扇木栅栏拴着一把长长的链子锁。每次快走到家的时候，我就会走一步在心里念叨"有人"，走一步在心里念叨"没人"，心情高一下低一下，玩"点兵点将"一样一直念叨到家。大门开着就一阵狂喜，可更多的时候看到的都是那把冰冷的链子锁，于是只有靠在门上对着大路张望。往往都是快天黑的时候，父母才下班回来。其间最难熬的就是要经受一个个过路人的目光，认识的和不认识的，不知他们的目光里都包含什么，总之都让我害怕和尴尬。

还有两个经历让我对被丢弃特别恐惧。记得有次坐公共汽车，大概是四五岁时，不知为什么，妈妈和售票员吵了起来，售票员把我妈推下车，而把我留在车上不让下，最后一直把我拉到总站。我坐在冰凉的长椅上一直哭一直哭，到了很晚妈妈才找到我把我领回去。还有一次跟爸爸去火车站看电影。我家跟火车站一墙之隔，那墙被附近的村民掏个洞，方便来往。从铁道上翻过去再从检票口穿过去，无论是去公园还是去市里都是很省力省时的事，而火车站也成了附近小孩子们的玩耍天地。穿火车道成了每个小孩的必备技能：小的笨的从车厢下面弯腰钻过去，大的麻利的从两车厢连接处的大铁链上翻过去。白天在检票口的绿色扶手处玩“抓人”，晚上拿着葡萄糖输液瓶去站台上逮蛐蛐，回来油炸了吃。那时火车站的大院里经常放电影，有时没有屏幕，就在白墙上放映。那天记不清看完了电影《地道战》还是《地雷战》，我们翻铁道回家。跟着爸爸自然是不用弯腰钻火车的，因为钻的风险是一不小心会蹭一背的油污。爸爸带我从上面过，先把我抱到车上，他翻过去后再把我抱下来。他的大手刚把我放到两节车厢连接处的大铁链上，一不留神，火车就开了。我吓得大哭，爸爸喊着我的名字追，声音都变了。他跑了十几步，把我从火车上抢下来。这两件事都给我的心理造成很大阴影，特别怕被丢弃，怕一个人被丢到陌生的境地。那种茫然无助的恐惧感长时期都在梦里延伸着。

还有就是家里遭贼的经历。一次应该是还未上学时，那时还跟爸妈睡一个床。（这个记忆让我奇怪，我只比我妹妹大两岁半，那时她睡哪里？莫非是我三岁前的记忆？）半夜里妈妈照着手电筒打蚊子，突然看到一个小偷蹲在窗户下，然后尖了声地叫“进贼了——”，然后我爸就冲出去抓贼，但最终是也没撵到。一次是我上小学二年级时，下午放学回家，见大门敞开着，院里很奇怪地站满了人。一进屋，还看见两个穿着公安制服的人，我妈坐在地上大哭，几个女人围着劝慰。原来，家里又进贼了，柜子、抽屉、床都被翻遍了。那时也没啥值钱的，好像丢的最值钱的是几卷粮票，尤其是贵重的全国粮票。也许是我家住在路边的原因，贼频频光顾，半夜里鸡窝被摸光了，洗完还没晒干的衣服被卷走了，等等。总之，家里遭一次贼，我的恐惧就多一分。记得我成年后还做过一个被贼惊醒的梦：我正在睡觉，突然睁眼看到童年院里的大槐树，每个树杈上都蹲着一个小偷，还抽着烟。黑暗中，红光一闪一闪地对着我阴阴地笑。

孤独和恐惧让我变得更加敏感，也让我的小脑瓜充满想象。我常常在一个人的时候，看着破墙上纵横的裂缝，把它想象成各种图案；比较天上哪朵云更像狮子，哪匹马比哪匹骆驼更漂亮；后来喜欢站在树下，仰头从树缝里看天空、看太阳、看月亮、看云……变换不同的角度和距离，熟悉的事物呈现出新奇的形象。也许就是在那一刻，我发现了一种审美吧！这个习惯一直保持到现在。不过现在更多地是单纯地看树。南方的树种多，树的形状也多。一个人散步的时候，就会给各种树打分，最后评判的结果是：喜欢木棉、异木棉、凤凰木、鸡蛋花（鸡蛋花虽然名字很俗气，但它的枝、叶和花都很有质感，各有各的看头）。最不喜欢的竟然是紫荆花，枝和叶都凌乱地耷拉着，花也是皱巴巴的，整棵树给人的感觉是蓬头垢面、垂头丧气的样子。只有一场风雨把花都吹落到地上，它才突然现出一种惊心动魄的美，而那种凄艳和哀伤让你忽然对死亡有一种莫名的感动。

就是这样爱上美的吧！放学回家，从小学五年级开始狂热地去画觉得美的东西，画着金鱼的脸盆、印着郁金香的挂历甚至妈妈结婚陪嫁的红被子上绣的凤凰，都成了我仿照的对象。从此，有玩伴时就一起玩，没有玩伴时就画画，靠近美、感知美、迷恋美让我愉悦和兴奋，让我忘却了孤独和恐惧。

到了高中，开始不可救药地迷上武侠。带我“上贼船”的是和我同龄又是小学、初中同班同学的小堂叔“小友”。小时候他就是我的最佳玩伴，打四角，滚铁环，打溜溜球，爬树掏鸟窝甚至女生玩的跳绳、跳皮筋他都无一不精通。往往是我帮他在桌上补习功课，他带我在地上过关斩将。我们感情一直很好，我从来不叫他“叔”，一般叫他“小友”。当他和别的男孩子一起往我辫子里扔苍耳籽的时候就骂他：“郑清友，你个死清友！”后来他真的死了，在三十多岁正盛年的时候，喝完酒摔死在雪地里。我曾在 QQ 空间里放过一篇文字《忆小友》来搁置我的哀思。上了高中时我和他已来往不多，但有一次看他拿本书看得津津有味，便要过来看，那是我第一次接触武侠小说。当时都不知道书名是什么，但记得主人公叫“段誉”，他掉进了一个洞里，发现一个美丽女人的石像，得到了一本武功秘笈，学会了什么神功和凌波微步，从此厉害得不得了。还记得他看到女人身体时怦怦心跳的描写也让我怦怦心跳。后来才知道这本书就是金庸大名鼎鼎的《天龙八部》，是他在火车站附近一家租书店租的，好像是押金 10 块（相当于我两周的伙食费），一本 1 角钱的样子。从此我俩就又凑一起了，他租一本我看一本，为了赶上还的时间，都是一目十行、囫囵吞枣，所以很多书名和人名都混在一起了。就这样，看了金庸、梁羽生、温瑞安、倪匡和古龙。那时最喜欢的就是古龙，古龙笔下最难忘的就是《边城浪子》里的傅红雪了。漆黑的小屋、惨白的手握着漆黑的刀柄，抽刀抽刀再抽刀，一个动作练习十八年，就是为了去报一个血仇。他不懂人情世故，不懂温柔与爱人，只有被仇恨灌满的痛苦和责任。可是到了举刀砍向仇人的那一刻，却被告知，这个仇恨跟他无关，他只是个被顶包的孩子。而那个真正被灭门的名门之后是叶开，人家已放下仇恨，潇潇洒洒、笑对人生了。我一下子被这个故事抓住，被傅红雪抓住了。现在想想也许是先天的母性与受虐心理吧，让我对这种骨子里有着抑郁伤感气质的悲情英雄总有一种迷恋，比如说后来又对《战争与和平》里的安德烈公爵情有独钟。中年后再读，才觉得《边城浪子》里的叶开和《战争与和平》里的皮埃尔伯爵才是女人的最佳恋爱和婚姻对象，前者让你迷恋和痛苦到不能自拔。

“孤枕侧畔，一灯如豆，看尽万千红尘旧事；刀枪入梦，剑气漫天，重温多少江湖恩仇。”整个高中阶段我都沉溺在武侠世界里，当时同学对我的印象一定是个不爱说话默默用功的女生，谁知道我在本子上画英雄，在心里恋英雄，在安静的外表下激荡着一颗刀光剑影的心呢？少年心事当拿云，也许内心的英雄情结就是这样形成的吧！我高中时给自己的习作起名为《剑影》，后来给我女儿起的名字叫“莫邪”。“金戈铁马，气吞万里如虎”的英雄气概是我青春热血的向往，无奈自己只是个柔弱的女子，做不了这样的英雄，只能在雨天的夜里，辗转反侧，等待那“铁马冰河入梦来”。正像泽平看我：“灵魂渴望的是一种轰轰烈烈的江湖纵横驰骋的快意，而肉身却无法跨越生活的鸿沟，只能在尘世的光阴里，饱尝着岁月的留痕。”

大学的女生都在迷恋琼瑶，而我却拒绝琼瑶迷恋三毛。她的随性又执着、淡然又炽热更合我的心意，而心底也暗自渴慕，自己也要有个爱得昏天黑地的“荷西”来走遍撒哈拉。再后来，真的发生了一场昏天黑地的恋爱，却连小小的平顶山都没走出，短暂而锥心。

人生难免有失意和无奈。爱而不得的痛苦，得而患失的焦虑，概莫能逃，越积越深。也正因为这份无奈，才会有不断的努力，人生才会饱满而鲜活吧！

犹记得四十岁那年，有天照镜子时发现脸色发黄憔悴，瞬间明白了“黄脸婆”的含义，原来它并不只是一个揶揄的说辞啊！四十三岁那年开始长白头发，四十四岁那年眼花了……衰老，正一步一个脚印地逼过来了。胆囊息肉，甲状腺结节，子宫肌瘤，这些说大不大说小不小的病灶是岁月给我的温柔一刀。挨刀子的确让人烦恼，但又觉得隔个三年五载的小手术让我的身体就像是大战前的演习，熟悉敌情，获得经验，真正大敌当前的时候就会临阵不乱，或者日常加强了备战就不会有“大敌”来犯了。所以我并不是很怕身体的疾病和衰老，我更怕的是精神的抑郁和麻木。

当时，我的抗抑郁抗衰老的法宝是“买新衣”“拍美照”“养花草”。现在女人最常说的“包”治百病，买一个包包的治愈功能是多么强大！我不怎么喜欢包包，但喜欢买衣服。买到一件合身称意的衣服，看它包裹着还算纤细的腰身，在镜子前来一番左顾右盼，那种美滋滋是大老爷们难以理解的。在花下拍美美的照片，闪光灯的遮瑕功能把自己变成白雪皇后，合适的角度美化了松弛的皮肤，虚化了眼角的鱼尾纹，哎呀，原来我还这么年轻啊！自欺欺人地陶醉一番，忘了自己是中年大妈了。拿着剪刀在几十盆红红绿绿的花前左一刀，右一刀，剪去枯枝败叶，再撒上几粒花肥，随便一消磨就是一两个小时的光景，哪还有时间去抱怨去哀叹，去计较鸡毛蒜皮呢？然后，不知哪天，突然地就爱上了“写诗歌”，也许那根本就算不上诗歌，只能叫分行的句子，但它的确成了我的第四大抗衰法宝。本来天性就爱胡思乱想，加上经常失眠更爱胡思乱想。脑子里突然蹦出个句子，掏出手机记下来，又顺便地想几句，好了！赶紧发到朋友圈里，就像厨师琢磨出一道新菜式、果农培养出一个新品种急于发布似的，爽！如果再有一帮朋友为你喝彩，那就更爽了。而且，这个法比前三个更为灵活自由，因为，它是完全由你自己掌控的——高兴的时候，想写几句就写几句；不高兴的时候，想写几句就写几句——好的情绪坏的情绪都得到宣泄了。很多人都说郑老师怎么看着越来越年轻了，哈哈，我只是怀着一颗童心，把童年的孤独寂寞再涂抹一遍；怀着一颗丹心，把少年的狂热激情再温习一遍；怀着一颗爱心，把青春的缠绵浪漫再追求一遍；怀着一颗诗心，把中年的荒芜杂乱再抚慰一遍。幸福的与痛苦的，快乐的与哀伤的，平静的与狂乱的，缺失的与圆满的，都是人生的宝贵财富，不舍得丢舍不得丢啊！

所幸的是，周围的朋友都爱我，呵护我，不管我写得怎样幼稚和凌乱，他们都为我加油。比如说我高中的语文老师傅春杰老师，都七十多岁了，还总是关注我的朋友圈，为我每首诗点赞；远在澳洲的高中同学单春明，也隔着半个地球对我送上适时的鼓励；老家的老同学和老同事还有“老学生”也都在默默关注我，为我打 call；更不用说在我身边的朋友、同事了。都说“好孩子是夸出来的”，那我这“好老师”“好女人”的人设是不是也是大家夸出来的呢？且不说语文组的同事，就连教数学的、教化学的、教物理的老师都在喜欢着我写的诗，我能不兴奋吗？就连我觉得高不可攀的大咖老吴、老石和泽平都来为我点赞了，老吴还私下拿了朋友圈的小诗去高三的课堂上课，我能不受到鼓励吗？所以我是越写越来劲了。更有化学组的万瑛万老师一天到晚喊着“出诗集，出诗集”，然后很多的人喊着“出诗集，出诗集”，于是我就飘飘然动了心思了。亲爱的朋友们，你们都是我前行的动力啊！感谢！感恩！

更让我觉得幸运的是，八月份遇到了我的师傅百定安老师。我请他帮我看看我写的东西，他痛快地答应了。从中午到黄昏，他一刻不停地给我批讲着。遇到好的，他不客气地说：“不错！”遇到差的，他也不客气地说：“这是啥呀？删！”遇到不好不坏的，他说你要这样改那样改。他给我说了我的优点和缺点，还给了我很多教导。我记得最清的一句是：既然开始写了，走到哪儿都要有写作的意识。这句话让我对事物更多了一份观察和思考。他给我推荐好的诗歌公众号，还把我拉到他的诗歌交流群，从此我才对现代诗歌有了点认识。感谢！感恩！

还要感谢感恩我的父母，我的弟弟和妹妹。他们对我只有爱，从无要求。无论我做什么，他们都给予最大的信任和支持，而我却对他们付出甚少。我觉得自己不论是做长女还是做长姊都极不合格，时有惭愧之心。还要感谢我的女儿毛毛，总是嘴上嘲我自恋，心里为我点赞，在期末完成八篇论文的作业间隙熬夜为我设计了封面。

感谢百老师不嫌弃为我作序，感谢老吴、老石、泽平、华华不嫌弃为我写评论。尤其是华华，我催得紧，她平时不刷朋友圈，花了一个通宵来读我的诗，边读边流泪；我看她写的评论，也是边看边流泪，她让我看到自己觉得漏洞百出的身心样貌，原来在朋友心中是那么丰满和美丽。平时各自都忙，并无朝夕相处，却能从你的文字中洞穿你的心灵，拥抱你的脆弱，抚慰你的伤痛，升华你的心智。这就是真正的朋友吧，这也是诗歌的妙处吧！

真的，自从爱上诗歌后，我对周围人、事、物的体察更为敏感，情感更为丰富，心底也更为柔软起来，也更加沉迷于自己营造的小小世界中。为了一朵花开而欢呼，为了一声鸟鸣而雀跃，为了一个眼波而心动，像很多的人一样，平静地享受这日常瞬间即逝的“小确幸”。让美的事物占据身心，和美的人、物朝夕相处，用美的情感填充寂寞。

江山如此多娇。人间如此美好。我是如此多情。

——我喜欢你，一如这旷野般色彩明丽。

是为后记。